時光九篇

席慕蓉

獻給
時光
——那永遠立於不敗之地的君王

目次

詩的成因

長路

懸崖菊

霧起時

時光的復仇

良夜

子夜變歌

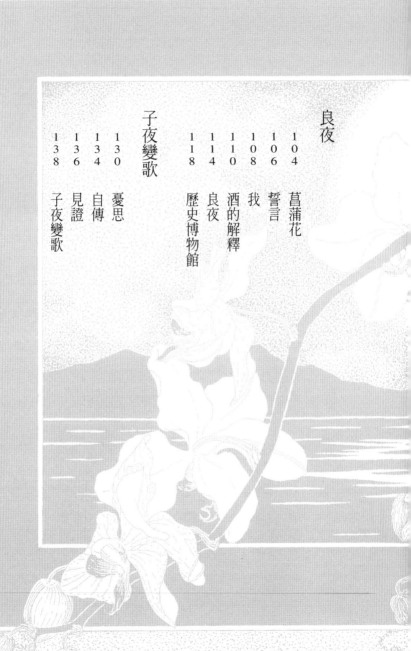

在黑暗的河流上

夏夜的傳說

附錄

詩的成因

穿過種滿了新茶與相思的
山徑之後　我知道
前路將經由芒草萋萋的坡壁
直向峰頂　就像我知道
生命必須由豐美走向凋零

詩的成因

整個上午　我都用在
努力調整步伐好進入行列
（卻並沒有人察覺我的加入）

整個下午　我又要爲
尋找原來的自己而走出人群
（也沒有人在意我的背叛）

爲了爭得那些終必要丟棄的
我付出了
整整的一日啊　整整的一生

日落之後　我才開始
不斷地回想
回想在所有溪流旁的
淡淡的陽光　和
淡淡的　花香

——一九八三・十一・廿八

生命的邀約

其實　也沒有什麼
好擔心的
我答應你　霧散盡之後
我就啓程

穿過種滿了新茶與相思的
山徑之後　我知道

前路將經由芒草萋萋的坡壁
直向峰頂　就像我知道
生命必須由豐美走向凋零

所以　如果我在這多霧的轉角
稍稍遲疑　或者偶爾寫些
有關愛戀的詩句
其實也沒有什麼好擔心的

生命中有些邀約不容忘記
我已經答應了你　只等
只等這霧散盡

——一九八三．十一．十六

蛻變的過程

我逐漸了解　生命裏
有個不悔的主題
彷彿是一種強烈的個性才能引人
墮落　或者超昇
我逐漸了解　那些
堅持與無望的等待　彷彿就是

你這一生所能給我的全部的愛
我的了解總是逐漸的　是那種
遲疑而又緩慢的領悟
（在多年之後才突然掩口驚呼：
『啊！原來……』）

當桎梏卸落
我終於只剩下一副透明的軀殼
含淚　在星空中悄然掠過

——一九八五・十二・三十

真相

一切一切的起因
只緣於　我的貪婪
我向生命索求一種
無止境的
激情與狂歡
彷彿山泉噴湧　可以永不停歇

(彷彿水畔的傳說　永不湮滅)

於是　很快就到了盡頭
到了最後的最後

在極遠極靜的岸灘上
我終將是那
悔恨的

海洋

——一九八五・七・八

無心的錯失

經不住歲月　經不住
一次再次的檢視與翻閱
最後　總是有
不得不收藏起來的時刻
生命裏最不捨的那一頁
藏得總是最深

也總是會有　重重疊疊
無心留下
卻又無法消除的
摺痕

——一九八四·九·十一

長路

但是　已經有我的淚水
灑在山徑上了
已經有我暗夜裏的夢想
在森林中滋長

長路

像一顆隨風吹送的種子
我想　我或許是迷了路了
這個世界　絕不是
那當初曾經允諾給我的藍圖
可是　已經有我的淚水
灑在山徑上了　已經有

我暗夜裏的夢想在森林中滋長
我的渴望和我的愛　在這裏
像花朵般綻放過又隱沒了
而在水邊清香的蔭影裏
還留著我無邪的心
留著我所有的
遲疑惶惑　卻無法再更改的
腳印

——一九八四・十一・十三

最後的藉口

月圓的晚上
一切的錯誤都應該
被原諒　包括
重提與追悔
包括　寫詩與流淚

把所有的字句

都託付給
一個恍惚的名字

把已經全然消失的時光
都拿出來細細丈量
反覆排列　成行

一切都只因爲
那會染　會洗　會潤飾的
如水的月光

——一九八三・九・二

流星雨

就像夏夜裏　那些
年輕的星群
驚訝於彼此乍放的光芒
就以爲　世界是從
這一刻才開始
然後會有長長的相聚

於是微笑地互相凝視
而在那時候
我們並不知道
我們眞的誰也不知道啊
年輕的愛
原來只能像一場流星雨

——一九八三·五·廿九

素描時光

在等待中　歲月順流而來
君臨一切

在開滿了野花的河岸上
總會有人繼續著我們的足跡
走我們沒走完的路
寫我們沒寫完的故事

甚至　互相呼喚著的
依舊是我們彼此曾經呼喚過的名字

——一九八四・七

殘缺的部分

假如　列蒂齊亞
假如妳可以預見
秋深後
我們再相遇在空寂的林間
曾經那樣豐潤的青藍與翠綠
都已轉變成枯黃與赭紅
那時候　妳就會明白

一切我們愛過與恨過的
其實並沒有什麼不同

微笑如果是爲了掩飾
落淚也一樣無法挽回

假如　列蒂齊亞
我們眞有一日可以再相逢

那時候　妳就會明白
生命中所有殘缺的部分
原是一本完整的自傳裏
不可或缺的　內容

——一九八四・一・三十

懸崖菊

所有的成人　最後
都不得不刺上紋身

結繩紀事

——有些心情，一如那遠古的初民。

繩結一個又一個的好好繫起
這樣　就可以
獨自在暗夜的洞穴裏
反覆觸摸　回溯
那些對我曾經非常重要的線索
落日之前，才忽然發現

我與初民之間的相同
清晨時爲你打上的那一個結
到了此刻　仍然
溫柔地橫梗在
因爲生活而逐漸粗糙了的心中

——一九八四・一・十五

山櫻

當春來
當芳香依序釋放

走過山櫻樹下
有些遙遠和禁錮著的
夢境　就會
重新來臨

諸如那些
未曾說出的話語
未曾實現的許諾

在極淺極淡的顏色裏
流動著　一種
無處可以放置的心情

——一九八四・二・十二

雨夜

在這樣冷的下著雨的晚上
在這樣暗的長街的轉角

總有人迎面撐著一把
黑色的舊傘　匆匆走過
雨水把他的背影洗得泛白

恍如歲月　斜織成
一頁又一頁灰濛的詩句
總覺得你還在什麼地方靜靜等待著我
在每一條泥濘長街的轉角
我不得不逐漸放慢了腳步

回顧　向雨絲的深處

——一九八二・九・廿二

難題

我的難題是　在一生裏
如何保有一種
如水又如酒的記憶

在多年後那些相似的夜晚裏
如何能細細重述此刻的風
此刻的雲　和此刻芳草叢中

溪澗奔流的聲音
在向過往舉杯的時候
如何能每次都微醺微醉
並且容許自己
在樽前　微微地落淚

困難眞的不在這無緣的一世

我的難題是　揮別之後
如何能永遠以一種
冰般冷靜又火般熱烈的心情
對你

——一九八三・十一

迷航

多年前的心事都已沉在海底
如觸礁時就被慌張擲下的錨
請你切莫再來探尋　切莫
在千年之後
再來苦苦追問觸礁的原因
所有的痕跡都已被湮滅

所有的線索也早已鏽蝕
仍舊停留在最後一頁的
只有那一本航海日誌

年輕的我　在棄船之前
曾含淚寫下
「今夜月華如練……。」

——一九八三・五・二

懸崖菊

如雪般白
似火般烈

蜿蜒伸展到最深最深的谷底

我那隱藏著的願望啊
是秋日裏最後一叢盛開的

懸崖菊

——一九八四・八・十九

成長的定義

如果　如果再遇見你
我還有什麼可以給你了呢

一切都已在禁止之列
生命嚴格如階梯
一層有一層的符號和標記
（縱然在夜裏　如海潮般
湧來的都是牽扯的記憶）

所有的成人　最後
都不得不刺上紋身

如果　如果再遇見你
我會羞慚地流淚
（也許是因爲知道
你仍然會急著要原諒我）
爲那荒蕪了的歲月
爲我的終於無法堅持
爲所有終於枯萎了的薔薇

——一九八四．六．廿二

霧起時

曾經珍惜護持的面具已
碎裂成泥
一切都只因為
我依舊深愛著你

霧起時

霧起時
我就在你的懷裏
這林間充滿了濕潤的芳香
充滿了　那不斷要重現的
少年時光

霧散後卻已是一生
山空
湖靜

只剩下那
在千人萬人之中
也絕不會錯認的

背影

——一九八三・九・八

苦果

在整整一生都無法捉摸的幸福裏
是什麼　在不斷刺探
我那原來已成定局的命運
是什麼　在不斷呼喚
我那原來已經放棄了的追尋

是什麼啊　透過那忽明忽暗的思緒
在日與夜的交界處埋伏　只等我失足

曾經珍惜護持的面具已碎裂成泥
一切都只因爲　我依舊深愛著你

在整整一生都無法捉摸的幸福裏
無論是怎樣的誘餌　怎樣的幻象
我都願意相信　願意
爲你走向那滿溢著淚水與憂傷的海洋

我的心在波濤之間遊走
在等待與回顧之間遊走
在天堂與地獄之間
無論是怎樣的誘餌　怎樣的幻象
因你而生的一切苦果　我都要親嚐

——一九八四・十二・三十一

海的疑問

——我愛，讓我好好地端詳妳，
好能永遠不忘記。

永遠到底是什麼呢
是夜色裏閃著螢光的浪
還是那暖暖的海風
是我們腳下濕潤的沙岸
還是你迎著風的
羞怯微笑的面容

（我愛，讓我好好地端詳
妳，好能永遠不忘記。）

永遠到底是什麼呢
是渴望了千年的那一吻
還是緊擁裹的溫存　而那
令人窒息戰慄的幸福啊
是耳邊洶湧起伏的波濤
一波一波地前來
將我們深深葬埋
（我愛，讓我好好地端詳
妳，好能永遠不忘記。）

我們可不可以不走
可不可以
讓時光就此停留
可不可以化作野生的藤蔓
緊緊守住這無垠的沙岸
緊緊守住
這無星無月的一夜啊
這溫柔宛轉的一切
（我愛，讓我好好地端詳
妳，好能永遠不忘記。）
而永遠到底是什麼呢

在五十年後　什麼是
永不分離
什麼又是永遠不忘記

在短短的五十年後　什麼是
信誓旦旦啊
什麼又是海枯石爛
在無星無月的夜晚裏
終於　只能
留下一片無垠的沙岸

（我愛，讓我好好地端詳妳……）

——一九八三・五・十三

餽贈

——把我的一生都放進妳的詩裏吧。

所有的星座都羅列在天空
所有的玉石都深藏在山中
只是　一切都將成空言
在這黑暗的夜裏如果光芒無從顯現

請點燃起尋求的火把
列蒂齊亞　我們只有極短極短的刹那

這一生錯過的許多章節
在今夜　只能匆匆翻閱

然後　就讓火熄滅了吧
我會清楚地記得妳的淚水像星光一樣
而我的痛苦　一經開採
將是妳由此行去那跟隨在詩頁間的
永不匱乏的　礦脈

——一九八六・六・廿八

寫給海洋

三篇

浪

我把一生的遭遇
在風裏
都說給海洋聽了

海洋不答

只朝我連綿湧來
令人暈眩的
小小的浪花

信

寄一封信給海洋
不是容易的事
無論向哪個方向投遞
夜裏的潮聲　都會
一次再次

把那些羞澀散亂的句子
重新帶回到我的夢裏

月夜

讓我們
就這樣揚帆遠去吧
即使是夢　我也願意
與你一起越過
這悲歡交集的波谷與波峰
請帶我走　就像此刻這樣

牽著我的手
跟隨著月色向前滑行
那遠方的海洋啊
波
平
如
鏡

——一九八四・十一・廿二

少年

請在每一朵曇花之前駐足
爲那芳香暗湧
依依遠去的夜晚留步

他們說生命就是周而復始
可是曇花不是　流水不是

少年在每一分秒的綻放與流動中
也從來不是

——一九八六・四・廿四

雨後

生命　其實也可以是一首詩
如果你能讓我慢慢前行
靜靜盼望　搜尋
懷帶著逐漸加深的暮色
經過不可知的泥淖
在暗黑的雲層裏
終於流下了淚　爲所有

錯過或者並沒有錯過的相遇
生命　其實到最後總能成詩
在滂沱的雨後
我的心靈將更爲潔淨
如果你肯等待
所有飄浮不定的雲彩
到了最後　終於都會匯成河流

——一九八四・六・廿二

時光的復仇

生命中所有的猶疑與蹉跎
彷彿都在此刻現身責問
劍氣森冷　暮色逼人

四十歲

在舉杯之前　總覺得
還想再說一些什麼

也許是那次海上的航行
也許是　那好多個夏夜裏
我們曾一起仰望過的星群
新醅初釀的時光啊
竟然都已經是　那樣遙遠
那樣閃爍著的年代了嗎

面對著歲月擺下的筵席
我們相互微笑殷勤勸酒
彷彿所有蛻下的愛戀與不捨
都收藏在語句的背後

在舉杯之前　也許
我們都已經明白　由此前去
再也沒有比手中這一杯
更醇更美的酒了

再也沒有　比此刻
更該一飲而盡的理由

——一九八五・一・七

無言歌

潮起潮落
一生也可以就這樣慢慢度過

可是　你一定也會有想起我的時候吧
當你的船泊進那小小的港
在離我極遠極遠的北方
當風拂過　日將落未落

你是怎樣面對那些已經過去了的　和
還沒有來臨的痛苦　怎樣去面對
所有相似的薄暮

你一定也會有再重新想起我的時候吧
可是　你是怎樣
將過往的航線逐一封鎖
讓音訊斷絕　讓希望暗暗沉沒

只留下一首無言的歌
在荒寂的港口上　隨著潮起
隨著潮落

——一九八四・九・二

中年的短詩

四則

之一

煙塵滾滾　一路行來
我很可能是迷了路了

不然　自己怎麼會
在舉手投足裏

越來越不像起自己來了

之二

到了四十歲　在燈下
終於也有了個資料櫃
卻發現　每一段記憶
都是一個無法整理的抽屜

之三

茫然四顧
彷彿　總是一場
趕不上的趕不上的熱鬧
輪到我上場的時候　總是
燈火闌珊　人群盡散
而我也已經忘了
所有的歌和所有的舞步

茫然四顧

之四

我說　我棄權了好嗎
關於眞理　眞實　以及
在你們口中所熱烈傳播著的
眞象

請容我獨自前行

獨自相信我那從來沒有懷疑過的
極微極弱　極靜默的
夢與理想

——一九八四・十・十七

突發事件

——不要驚動，不要叫醒我所親愛的，
等他自己情願。

——所羅門王

終於會來不及的了　終於
有很多問題會來不及問
來不及回答　終於
在離去之前
有很多礦苗必須要放棄
讓風就這樣吹拂過來

讓日子就這樣含糊地
搪塞過去　讓所有急切的
疑惑　都轉變成一種
緩慢而又絕望的　美麗

我是決心不再去驚擾的了
不再驚擾你了　我愛
雖然我多希望能夠來得及明白
在我們長長的一生裏
所有突發的不可控制的事件
它們之間的關係　和那
整個故事的　來龍去脈

——一九八三・三・十一

時光的復仇

三篇

山芙蓉

斜陽裏　山芙蓉遲遲開放
前來的卻是傲然的時光
生命中所有的猶疑與蹉跎
彷彿都在此刻現身責問
劍氣森冷　暮色逼人

雲霧從花樹間流過　群峰靜默
我們剛剛綻放的笑容瞬即凋落
看啊　那山徑的轉角
年少時曾經攜手並立的地方
在沉沉下降的濃雲裏
朝我們迎來的是復仇之神

海邊

當海洋與月光　可以
用同樣的盛裝出場的時候
爲什麼只有我們不能

那日子是一定會逐漸逼近的
不管你此刻怎樣將我擁緊
（在你懷中我是如此柔順與歡喜，
並且微微喘息。）

我們會怎樣地老去呢
我渴望知道又不願相信
那無法預見的命運
（我喜歡赤足在沙岸上奔跑，
並且在海浪的起伏間歡聲驚呼。）

如果所有的聲音和動作

都無法重複　我至愛的
我們又如何能優雅地謝幕

當海洋與月光　可以
反覆用同樣的盛裝出場的時候
爲什麼只有我們不能

「這無法盡興的一生啊！」
將是我們最後最輕的喟嘆
在月明的夜裏
如海浪輕輕觸及沙岸

骸骨之歌

死
也許並不等於
生命的終極　也許
只是如尺蠖
從這一葉到另一葉的遷移
我所知道的是多麼的少啊
骸骨的世界裏有沒有風呢

有沒有一些
在清晨的微光裏
還模糊記得的
夢

——一九八五・一・七

良夜

風沙來前　我為你
曾經那樣深深埋下的線索
風沙過後　為什麼
總會有些重要的細節被你遺漏

菖蒲花

我曾經多麼希望能夠遇見你
但是不可以
在那樣荒涼寂靜的沙洲上
當天色轉暗　風轉冷　當我們
所有的思維與動作都逐漸遲鈍
那將是怎樣的一種黃昏

而此刻菖蒲花還正隨意綻放
這裏那裏到處叢生不已

悍然向周遭的世界
展示她的激情　她那小小的心
從純白到藍紫
彷彿在說著我一生嚮往的故事

請讓花的靈魂死在離枝之前
讓我　暫時逗留在
時光從愛憐轉換到暴虐之間
這樣的轉換差別極微極細
也因此而極其鋒利

尤其是　我曾經
我曾經多麼希望能夠遇見你

——一九八五・七・十四

誓言

——我將終生用一種溫柔的心情
來守口如瓶。

今生已矣　且將
所有無法形容的渴望與企盼
凝聚成一粒孤獨的種子
播在來世
讓時光逝去最簡單的方法

就是讓白日與黑夜
反覆地出現

讓我長成爲一株　靜默的樹
就是在如水的月夜裏
也能堅持著　不發一言

——一九八四・十一・十九

我

我喜歡出發　喜歡離開
喜歡一生中都能有新的夢想
千山萬水　隨意行去
不管星辰指引的是什麼方向
我喜歡停留　喜歡長久
喜歡在園裏種下千棵果樹

靜待冬雷夏雨　春華秋實
喜歡生命裏只有單純的盼望
只有一種安定和緩慢的成長

我喜歡歲月漂洗過後的顏色
喜歡那沒有唱出來的歌

我喜歡在夜裏寫一首長詩
然後再來在這清涼的早上
逐行逐段地檢視
慢慢刪去
每一個與你有著關聯的字

——一九八四・九・二

酒的解釋

兩章

佳釀

要多少次春日的雨　多少次
曠野的風　多少　空蕪的期盼與
等待　才能
幻化而出我今夜在燈下的面容

如果你歡喜　請飲我
一如月色吮飲著潮汐
我原是爲你而準備的佳釀
請把我飲盡吧　我是那一杯
波濤微微起伏的海洋

緊密的封閉裏才能滿貯芳香
琥珀的光澤起因於一種
極深極久的埋藏
舉杯的人啊爲什麼還要遲疑
你不可能無所察覺
請　請把我飲盡吧

我是你想要擁有的一切眞實
想要尋求的　一切幻象
我是　你心中
從來沒有停息過的那份渴望

新醅

假若　你待我
如一杯失敗了的
新醅

讓燃燒著的記憶從此冷卻
讓那光華燦爛的憧憬從此幻滅
我也沒有什麼好怨恨的
這世間多的是
被棄置的命運　被棄置的心
在釀造的過程裏　其實
沒有什麼是我自己可以把握的
包括溫度與濕度
包括幸福

——一九八五・十一・四

良夜

在黑色的森林裏　終於發現
你竟然是我投奔時唯一的去處

沿著蔓生的蕨類　讓我
尋找那在什麼地方正輕輕流動著的
泉水

（啊！良夜如此美好。你說：

請來靜靜憩息在我懷中，
不許流淚也不許吵鬧。）

即或今夜的山林是這般漆黑
我依然能感覺到你寬廣的胸懷
逐漸靠近　在黑暗裏
將我完全覆蓋　將我慢慢擁緊
良夜如此美好
在盤生錯節的枝柯之外
月色離我只有咫尺之遙

雖說世間一切都有時限
是什麼令我捨棄不下
這許多零亂而又陰暗的牽連
良夜如此美好　爲什麼
總離我有咫尺之遙

那月色是始終都在場的
也在一切的傳說裏　當然
還有那些蔓生的蕨類
還有那正在我心裏什麼地方
輕輕流動著的泉水

啊　良夜如此美好
即或總是咫尺天涯
即或總是極短極短的剎那

——一九八五・五・廿

歷史博物館

——人的一生，也可以像一座博物館嗎？

1

最起初　只有那一輪山月
和極冷極暗記憶裏的洞穴
然後你微笑著向我走來

在清涼的早上　浮雲散開

既然我該循路前去迎你
請讓我們在水草豐美的地方定居
我會學著在甲骨上卜凶吉
並且把愛與信仰　都燒進
有著水紋雲紋的彩陶裏

那時候　所有的故事
都開始在一條芳香的河邊
涉江而過　芙蓉千朵
詩也簡單　心也簡單

2

雁鳥急飛　季節變易
沿著河流我慢慢向南尋去
曾刻過木質觀音渾圓的手
也曾細雕過　一座
隋朝石佛微笑的脣

迸飛的碎粒之後　逐漸呈現
那心中最親愛與最熟悉的輪廓
在巨大陰冷的石窟裏

我是謙卑無怨的工匠
生生世世　反覆描摹

3

可是　究竟在那裏有了差錯
爲什麼　在千世的輪迴裏
我總是與盼望著的時刻擦肩而過
風沙來前　我爲你
曾經那樣深深埋下的線索
風沙過後　爲什麼
總會有些重要的細節被你遺漏

歸路難求　且在月明的夜裏
含淚爲你斟上一杯葡萄美酒
然後再急撥琵琶　催你上馬
知道再相遇又已是一世
那時候　曾經水草豐美的世界
早已進入神話　只剩下
枯萎的紅柳和白楊　萬里黃沙

4

去又復返　彷彿
總有潮音在暗夜裏呼喚

胸臆間滿是不可解的溫柔需求
用五色絲線繡不完的春日
越離越遠　雲層越積越厚
我斑駁的心啊
在傳說與傳說之間緩緩遊走

5

今生重來與你相逢
你在櫃外　我已在櫃中
隔著一片冰冷的玻璃

我熱切地等待著你的來臨
在錯愕間　你似乎聽到一些聲音
當然你絕不可能相信

你當然絕不可能相信
這所有的絹　所有的帛
所有的三彩和泥塑
這櫃中所有的刻工和雕紋啊
都是我給你的愛　都是
我歷經千劫百難不死的靈魂

6

在暮色裏你漠然轉身漸行漸遠
長廊寂寂　諸神靜默
我終於成木成石　一如前世
廊外　仍有千朵芙蓉
淡淡地開在水中

淺紫　柔粉
還有那雪樣的白
像一幅佚名的宋畫
在時光裏慢慢點染　慢慢湮開

——一九八四・八・廿四

子夜變歌

儘管　在過去式裏
總有些許喟嘆
彷彿黑夜裏的舟船無法靠岸

憂思

——寫給一個曾經美麗過的海灣

我所害怕的並不是這時日的減少
生命該遵守的規則我很早就知道

可是　所有的憂思仍然不請自來
當我將秋日的窗戶慢慢推開
（他們在怎樣毀壞著我的世界呢？）
依舊是晴朗的天空

風聲卻與昨夜的有些不同
林間的樹葉已逐漸枯乾
河水靜靜流過
到遠山的身旁才開始轉彎

我知道我的心中有些紛亂有些激動
想去探索那眞正的疼痛
（他們爲什麼要急著毀滅
這樣美麗的世界？）
在微涼的風裏　我做的只是無用的努力
遠處等待著的是一種必然的結局

驚呼　墜淚　都於事無補
他們用垃圾與怪手窒殺了每一塊淨土
生活至此　再無新事
所有的山巒　所有的海灣
都將在星空俯視之下急速消失

童稚時對人類的信心已是神話
殷勤種下的盼望將永不開花
還有我那單純的愛戀　還有
（還有我孩子的幼年呢？
以及將來他們的孩子無辜的容顏。）

——一九八五・十・三十

自傳

——墾丁・龍坑印象

心中的欲望
是那不斷哭號著撲打上來的浪
卻也總有一種堅持迎風屹立
如沉默巨大黑色的巉巖　不肯退讓
我只好用整個胸膛來做遇合的海洋

等待著　刺痛而又緩慢的侵蝕
等待著　將一切記錄成
昨日

——一九八五・十・十二

見證

——記社頂珊瑚礁

所有的故事　都可以
換做另外一種語言
滄海　都可以　換做桑田
此刻在風裏雲裏的山巒草木
都將會
再重新沉入水底　重新

做深海裏發光的珊瑚

那麼　今天的我

爲什麼還堅持一定要知道

關於今夜　到底是有雨

還是有霧

——一九八六・九・廿九

子夜變歌

——人傳歡負情，我自未嘗見。
三更開門去，始知子夜變。
·古樂府·

終於明白所有的盼望與希冀
不過是一場寂寂散去的夜戲
此刻再來向你描述
我如何自疼痛的甦醒裏成長
想必也是多餘

當然　在最後　可以把一切
都歸罪給我那輕信的心
還有那整個天空的灼灼星群
他們不該也陪我等待
並且如我一樣確信你會前來

如我一樣逐漸遲疑逐漸萎謝
才驚覺朝霧掩湧時光移換
所謂幸福啊
早已悄然裂成片段

從此去精緻與華美都是浪費
這園中愛的盛筵將永不重回
料峭的風裏　只剩下
一襲被淚水漂白洗淨的衣裳
緊緊裹住我赤裸熾熱的悲傷

只想把這段沒有結局的故事
寫成一首沒有結局的詩
煩勞星群再去轉告
那千年之後隨我腳步的女子
詩裏深藏著的低徊與愛
在芬芳的夏夜裏啊

只有她們只有她們才能明白

——一九八四・二・廿九

附記：近日在燈下細讀「樂府」，南朝數十首「子夜歌」裏，原來頗有幾首是在十幾歲時就開始銘記在心的。

那時候上虞君質老師「藝術概論」的課寫讀書報告，我選的題目是「古詩十九首」，煞有介事地在書裏翻來翻去。家住在山上，有一條長長的兩旁種滿了尤加利樹的山路，早上有霧，晚上有月影，所有的詩句都是在上學下學的路上輕輕背誦，輕輕記起來的。

重讀之際，恍如與舊日時光重新相見，不禁微笑輕輕落淚。

尾聲

現在　我們終於能驕傲地俯首謝幕
爲了今夜這一句也沒說錯的台詞
爲了今生
這一步也沒走差的演出
讓我們在心中爲彼此暗暗喝采
啊　鼓掌吧

爲這人無懈可擊的演技
爲那人無限冷靜的胸懷
當台上台下
流著一樣瘋狂與熱烈的淚水
這長長的一生啊　爲什麼總是會有
令人無法置信的情節
來時如泉湧　去似潮退

當劇本結束　我的列蒂齊亞
就讓各人靜靜離去　並且
千萬不要再來探詢今後的歸宿
趁燈光未滅　掌聲未歇

讓我與妳攜手再向這世界微笑
緩緩俯首　讓幸福在我們的掌握裏
再作些許　些許的　停留

——一九八四・七・五

一千零一夜

開始的時候並沒有想到會是這樣
不過　到了最後　一千個女人
只好微笑地假裝滿足於一千隻鐲子

在反過來忽然推翻一切的那一夜
總是同樣的故事
（最後，他說：「戴著吧，這樣可以常常想起我。」）

果然就是這樣
在長長的午後她戴著鐲子穿過寂寞的城市
而城裏一千個女人想著
同樣的開始和結局　下了一些雨
她把手微微舉起整理濕潤的頭髮

暮色裏　美麗的獨一無二的鐲子
就在一千個女人的腕上微微閃耀

——一九八六・一・七

雨季

那麼　大概只有這樣了
在你厭倦之前　讓我小心地
把一切的詞句都換成過去式

當然　在文法上我絕對不會再錯
並且絕對不去　觸及
一切有關盼望的字眼或者盟約
我會小心地避過泥濘

避過生命中所有無法提及的時刻

我想　大概只能這樣了
儘管在過去式裏總有些許喟嘆
彷佛黑夜裏的舟船無法靠岸
這綿延不斷的春雨　終於會變成
我心中一切溫潤而又陰冷的記憶

我想　大概就是這樣了
幸福與遺憾原是一體的兩面
你曾經那樣那樣愛戀過我
在你開始厭倦之前

——一九八五・二・廿八

在黑暗的河流上

在黑暗的河流上
被你所遺落了的一切
終於　只能成為
星空下被多少人靜靜傳誦著的
你的昔日　我的昨夜

沙堡

到了最後　黑暗的浪潮
總是會吞蝕盡我的每一種期待
每一個夢想
故事一旦開始　再怎樣曲折
也只是在逐步走近結束的方向
我當然明白

所有美麗的呈現只是爲了消失
所有令我顫抖與焚燒的相見啊
只是爲了分別
可是　你不能禁止我在這海邊
用我僅有的時間來不斷
營造或者重溫每一部分的細節

當海洋逐漸升高
迷航的船舶終於都在遠方沉沒
我當然明白　今夜之後
我爲你而留下的痕跡
不會比一座沙堡更多

——一九八六・五・十八

美酒

終於厭倦了這種
把靈魂　一層又一層
包裝起來的世界

我要回去了　列蒂齊亞
下決心不再對生命提出

任何的要求
什麼也不帶走
只留下孤獨
做爲我款待自己
最後的那一杯　美酒

——一九八五・九・六

雨中的山林

雲霧已逐漸掩進林中
此去的長路上　雨潤煙濃
所有屬於我的都將一去不還
只留下　在回首時
這滿山深深淺淺的悲歡

——一九八三・五・廿九

滄桑之後

滄桑之後　也許會有這樣的回顧
當你獨自行走在人生的中途

一切波濤都已被引進呆滯的河道
山林變易　星光逐漸熄滅
只留下完全黑暗的天空
而我也被變造成

與起始向你飛奔而來的那一個生命
全然不同

你流淚恍然於時日的遞減　恍然於
無論怎樣天眞狂野的心
也終於會在轠繩之間裂成碎片

滄桑之後　也許會有這樣的回顧
請別再去追溯是誰先開始向命運屈服
我只求你　在那一刻裏靜靜站立
在黑暗中把我重新想起

想我曾經怎樣狂喜地向你飛奔而來
帶著我所有的盼望所有的依賴　還有那
生命中最早最早飽滿如小白馬般的快樂
還有那失落了的山巒與草原　那一夜
桐花初放　繁星滿天

——一九八六・一・十二

忠告

因爲那時時在變換著的
目標與方向
每一個人　都只好
將自己化作動盪的海洋

不斷上升　再
不斷下降

每一寸的潮汐
是每一分每一秒無所適從的
洶湧和壓抑

親愛的朋友　當你讀我
在陰霾的海面上
請不要只注意波浪緩緩的秩序
請再仔細揣想
那在極深極深的海底逐漸凝聚
一直不曾顯露的
狂亂的憂傷

——一九八六・九・廿九

幕落的原因

在掌聲最熱烈的時候
舞者悠然而止

在似乎最不該結束的時候
我決定謝幕　也許
也許有些什麼可以留在
那光燦和豐美的頂端了

如果我能以背影
遺棄了觀眾　在他們終於
遺棄了我之前

我需要有足夠的智慧
來決定
幕落的時間

——一九八四・十一・十九

在黑暗的河流上

——讀「越人歌」之後

燈火燦爛　是怎樣美麗的夜晚
你微笑前來緩緩指引我渡向彼岸
(今夕何夕兮　中搴洲流
今日何日兮　得與王子同舟)

那滿漲的潮汐
是我胸懷中滿漲起來的愛意

怎樣美麗而又慌亂的夜晚啊
請原諒我不得不用歌聲
向俯視著我的星空輕輕呼喚

星群聚集的天空　總不如
坐在船首的你光華奪目
我幾乎要錯認也可以擁有靠近的幸福
從卑微的角落遠遠仰望
水波盪漾　無人能解我的悲傷
（蒙羞被好兮　不訾羞恥
心幾煩而不絕兮　得知王子）

所有的生命在陷身之前
不是不知道應該閃避應該逃離
可是在這樣美麗的夜晚裏啊
藏著一種渴望卻絕不容許

只求　只求能得到你目光流轉處
一瞬間的愛憐　從心到肌膚
我是飛蛾奔向炙熱的火燄
燃燒之後　必成灰燼
但是如果不肯燃燒　往後
我又能剩下些什麼呢　除了一顆
逐漸粗糙　逐漸碎裂

逐漸在塵埃中失去了光澤的心

我於是撲向烈火
撲向命運在暗處佈下的誘惑
用我清越的歌　用我眞摯的詩
用一個自小溫順羞怯的女子
一生中所能
爲你準備的極致

在傳說裏他們喜歡加上美滿的結局
只有我才知道　隔著霧濕的蘆葦
我是怎樣目送著你漸漸遠去

（山有木兮木有枝　心悅君兮
君不知）

當燈火逐盞熄滅　歌聲停歇
在黑暗的河流上被你所遺落了的一切
終於　只能成爲
星空下被多少人靜靜傳誦著的
你的昔日　我的昨夜

——一九八六·六·十一

附記：「越人歌」相傳是中國第一首譯詩。鄂君子晳泛舟河中，打槳的越女愛慕他，用越語唱了一首歌，鄂君請人用楚語譯出，就是這一首美麗的情詩。有人說鄂君在聽懂了這首歌，明白了越女的心之後，就微笑著把她帶回去了。

但是，在黑暗的河流上，我們所知道的結局不是這樣。

夏夜的傳説

在夏天的夜晚　也許
還會有生命重新前來
和我們此刻一樣　靜靜聆聽
那從星空中傳來的
極輕極遙遠的　回音

夏夜的傳說

——一沙一界・一塵一劫

序曲

如果有人一定要追問我結果如何
我恐怕就無法回答
所有的故事
我只知道那些非常華麗的開始

充滿了震懾和喜悅
充滿了美　充滿了浪費
每一個開端都充滿了憧憬
並且易於承諾　易於相信

但是　如果有人一定要追問我
最後的結果到底如何
我只能俯首不答　轉回到我的燈下
在書頁間翻尋追索
靜靜編織出　一章又一章有關於
夏夜的　傳說

本事

據說　宇宙開始於一次爆裂
所有的生命
起因於一場不顧一切的毀滅
從熱渴　窒悶　極度不安的心中
如霹靂般迸發濺射而出的
是那囚禁了千億年的渴望

散開　然後不斷膨脹
自我的距離在星團之間逐漸拉長

當寂寞與鄉愁要用光年來換算
才發現
從此永遠無法回轉
星雲空茫　開始重新尋覓
重新摸索　重新去
追逐那隱隱約約在呼喚著的方向

散開　然後逐漸冷卻
然後習慣於孤獨
在漂泊的行程裏慢慢忘記了來處
穹蒼萬里　充滿了
要傳達而終於不可傳達的訊息

（匍匐於泥濘之間
我依然要問你　爲什麼
爲什麼時光祂永遠立於不敗之地）

木星　金星　開始命名
雖然海王星和冥王星還那樣遙遠得
令人心驚
但是所有的故事都開始醞釀
宇宙浩瀚　而時光如許悠長
在銀河漩渦的觸手間　據說
要用五十億年
才能等到太陽的光芒

巨大的星雲裏　要怎樣孕育
才能等到一場相遇　一種秩序
（匍匐於泥濘之間
　我含淚問你
　那樣的夜晚去了那裏
　爲什麼所有的開端都熱烈慌亂
　一如夏夜的星空　無限燦爛）

最初　地球只是一團烈火
無所適從也無所依靠
在暗黑的天空中獨自燃燒
熾熱明亮的母體　可望而不可及

在每一轉首回身的地方
是那從此無法靠近
又無法遠離的太陽光芒
是每一篇神話傳說中的眷戀情節
是我們因此而不斷
重複循環著的季節和日夜

日夜循環
在輾轉反側間試著將歲月慢慢沉澱
所有不肯妥協的愛與恨
以及日漸沉重的思想和欲望
只好以熔岩的形象　沸滾翻騰

不斷噴湧　囚禁在高溫的心中
而在脆弱的表層
水氣瀰漫　雲霧滋生
有朝露有夜霧不斷前來　輕輕環繞
輕輕覆蓋
彷彿有些憂傷可以忘記
有些錯誤可以原諒　在日與夜的
交替間
有些夢想　可以重新開始盼望

（愛　原來是沒有名字的
　在相遇之前　等待就是它的名字

而一切的起始卻是不經心的
就像天地初開　原來也沒有
什麼一定要遵照的形象　就
如平漠上千株白楊　原來也
只是一次不經心的插枝　如
果不是那偶然的顧盼　我們
原來可以終生終生永不相識

在雷電交會的剎那
爲什麼一定要是你　從我身後
靜靜走來
走進我心中央）

天空中不斷有星球爆裂
不斷有美夢從此殞落幻滅
但是　在我們的世界裏
帷幕剛剛升起　戲正上演
我們的心願仍然要逐一完成
在一切的來臨與消逝之間

戲正上演
我們一定要等待與盼望
堅持要依次出場　凝神準備
隨時歡呼　落淚　或者鼓掌

太陽系裏所有行星都進入位置
我們的故事剛剛開始　戲正上演
而星光閃爍　時空無限

（匍匐於泥濘之間
我含淚問你
一生中到底能有幾次的相遇
想但丁初見貝德麗采
並不知道她從此是他詩中
千年的話題　並不知道
從此只能遙遙相望
隔著幽暗的地獄也隔著天堂）

黎明前的黑暗總是永無止盡
猶疑而又緩慢　地球不斷旋轉
要經過無數次的循環　才能有
三葉蟲的出現

然後當曙光初露　恐龍已經遍佈
時光逐漸增加了流動的速度
在蘇鐵　銀杏和蕨類之間
第一棵開花的植物終於出現
那是白堊紀　那是一億年前
那時候　氣候溫暖
暴龍爬行在開滿了花的原野上

魚龍游過海洋　而翼龍在天

我們從不懷疑
永遠遵循著一種生長的秩序
知道路途迢遙
知道要從清晨等到傍晚
到暮色四合　到恐龍絕跡
在宇宙無垠的舞台上
我們人類才能登場

終於登場　卻發現
時光疾如飛矢　戲剛上演

而暮色已經沉沉下降

（愛　原來並沒有專屬的面容
然而你來到我身邊竟然一如夢中

你輕攜我手帶我走過無人的
山徑　風聲細碎拂過蓮葉拂
向密集的叢林　夏夜裏我知
道有一種甦醒有一種融化已
經來臨　有一種無法控制的
宛轉流動　已經開始在我的
心中在冰河之下　緩緩前行

愛　原來並沒有專屬的夜晚

然而你來到我身邊　星光如此燦爛）

整個夏天的夜晚　星空無限燦爛
特洛伊城惜別了海倫
深海的珍珠懸在她耳垂之上有如淚滴
龐貝城裏十六歲的女子
在髮間細細插上鮮花
就在鏡前　就在一瞬間
灰飛湮滅了千年堆砌而成的繁華
在遙遠的埃及

有那麼多固執的法老
堅持要裝飾自己的墓穴
堅持說
自己不是死去　只是與人世暫時離別

整個夏天的夜晚　星空無限燦爛
一樣的劇本不斷重複變換
與時光相對
美　彷彿永遠是一種浪費
而生命裏能夠眞正得到的
好像也不過
就只是這一場可以盡心裝扮的機會

在得與失之間我們從來無所取捨
在一切的傳說裏
我們從來沒能知道
那被時光祂謹慎收藏的祕密
星空中有深不可測的黑洞
吞食盡周遭所有的生命　並且
使空間變形
歲月裏也有著黑暗的角落
逐日逐夜
在吞食著我們曾經那樣渴望
並且相信會擁有的　幸福與快樂

（憂思的神祇總是在靜夜裏前來
向我默默追索
一切只有在這樣的時刻裏
才會重新想起的
曾經發生過的　猶疑與蹉跎

我的神祇總是在中夜前來
默然端坐　俯首依依審視著我

極遠處的月光
也正在審視著海洋
而那暗流洶湧的海啊　不得不

把所有的悲喜
都反映成銀白鑲著清輝的浪）

憂傷的來源其實起於豐盈之後的
那種空蕪
對生命　對內裏的激情
我們從來沒有人能夠眞正知足
在每一回首處
總有我們曾經計劃
卻不曾結果不曾生長不曾栽植的樹
總有些

不能忘記又不能不放棄的心願
總有些　不忍不捨
又不肯去觸犯的界限
期待中的節日因此彷彿從未來臨
排練好的角色　也因此
從來不能按照原來的計劃上演

星空中存在著
無數還沒能發現的黑洞
行走在人群之中
我們的熱血慢慢流空
逐漸開始懷疑起　今日與昨日

自己眞正的面容
（匍匐於泥濘之間
我依然要問你
那樣的夜晚去了那裏）

爲什麼天空中不斷有流星劃過
然後殞滅　爲什麼
一朵曇花只能在夏夜
靜靜綻放然後凋謝

匍匐於泥濘之間

我含淚問你　爲什麼
爲什麼時光祂永遠立於不敗之地
爲什麼我們要不斷前來　然後退下
爲什麼只有祂可以
浪擲著一切的美　一切的愛
一切對我們曾經是那樣珍貴難求的
溫柔的記憶

匍匐於泥濘之間
我含淚問你
到了最後的最後　是不是
不會留下任何的痕跡

不能傳達任何的
訊息　我們的世界逐漸冷卻
然後熄滅
而時空依然無限　星雲連綿

如果露珠是草木的虛榮
星球是宇宙的炫耀
那麼
我們在日落之後才開始的種種遭逢
會不會
只是時光祂脣邊一句短短的詩
一抹不易察覺的　微笑

迴聲

如果有人一定要追問我結果如何
我恐怕就無法回答

我只知道
所有的線索　也許就此斷落
也許還會
在星座與星座之間伸延漂泊
在夏天的夜晚　也許

還會有生命重新前來
和我們此刻一樣　靜靜聆聽
那從星空中傳來的
極輕極遙遠的　回音

——一九八六・九・十四

附錄

- 後記
- 新版後記
- 書目

願望

——後記

一直在努力做個循規蹈矩的人。
一直在努力做個不願意循規蹈矩的人。
這就是我全部的生活。

從十四歲起立志要成爲「畫家」，快三十年來，我循規蹈矩地走在這條路上。飄洋過海，接受了全部的學院教育，不斷地學習，不斷地創作，不斷地揚棄從前的自己，到現在本身也已在美術科系裏教了許多年，心裏仍然是那一個念頭：

「我應該可以畫得更好！」

而我當然明白，這是一場漫長和艱難的爭戰。畫了許多年的油畫，去看別人的展覽的時候，這種感覺越來越清楚了。

有時候，一走進畫展會場就想馬上退出去，知道來錯了。有時候一面瀏覽一面心情逐漸下沉，在和畫家寒暄道別的時刻，竟然會混雜著一種悲憫的感覺，好像眼看著他一直站在門外，知道任憑他再怎樣努力這一生也永遠不可能踏進門裏。

當然，也有那樣的時候，站在會場裏，心中又驚又怒，對牆上的作品既羨且妒，眞不明白這個畫家怎麼會有那麼多時間來用功？怎麼可以那樣專心，把每一張作品都處理得那樣好，那樣精采？

更有一種時刻，是生命裏一種戰慄痛苦的經驗。站在畫前，完全不能動彈，畫家彷彿正透過他畫上的光影向我默默俯視，那眼神中充滿著了解與悲憫，知道我明白在我們之間隔著遙不可及的距離，知道我很明白，在我的一生裏永遠永遠也創作不出可以和他的作品相比的東西。

藝術在表面上看起來好像來者不拒，非常和善寬容，其實在內裏是個極端冷酷殘忍的世界啊！

所以我一直不敢自稱詩人，也一直不敢把寫詩當做我的正業，因爲我明白自己有限的能力。

在寫詩的時候，我只想做一個不卑不亢，不爭不奪，不必要給自己急著定位的自由人。

我幾幾乎可以做到了。那是要感謝每一位喜歡我的朋友，包括那在很遠很遠的燈光下翻讀著我的詩集的每一位讀者，是的，包括你。

因爲你只是單純地喜歡著我，讀著我，從來沒有給我任何的壓力。

因爲，就如你所知道的，我不過只是寫了幾首簡單的詩，剛好說出了生命裏一些簡單的現象罷了。因爲簡單，所以容易親近，彷彿就剛好是你自己心裏的聲音。

對我來說，能夠這樣單純地從詩篇裏得到這許多朋友，得到這許多共鳴的心，實在是一種難得的無法強求的經驗，我很明白，所以更加感激。

我也知道，朋友所以會喜歡我，就是因爲我在這一方面從來沒有強求過。我當然還是在慢慢往前走，當然還是在逐漸改變，但是那是順著歲月，順著季節，順著我自己心裏的秩序。

今夜，《時光九篇》終於定稿了，離我在初中的日記本上寫下第一首詩的那一夜，眞是隔了許多許多年了。回顧生命中的河流，已經不知道有了多少次的轉折。但是每當一首詩慢慢地從醞釀到完成，年輕時所感受過的那種安靜和透明的感覺就好像還在那裏，好像有一朵荷，在清清水滿的塘邊，在一切江河的源頭之上微笑注視著我。

而那也許才是我心中眞正的願望。

——一九八六年的秋天於台北

長路迢遙

——新版後記

（一）

九月初，去了一趟花蓮。

出門之前，圓神出版社送來了《時光九篇》和《邊緣光影》新版的初校稿，希望我能在九月中旬出發去蒙古高原之前做完二校，雖然離出版的時間還早，可是我喜歡出版社這樣認眞和謹愼的態度，就把這兩本書稿都放進背包裡，準備在火車上先來看第一遍。

從台北到花蓮，車程有三個鐘頭，不是假日，乘客不多，車廂裡很安靜，眞的很適合做功課。所以，車過松山站不久，我就把《時光九篇》厚厚一疊的校樣拿了出來擺在眼前，開始一頁頁地翻讀下去。

《時光九篇》原是爾雅版，初版於一九八七年的一月。其中的詩大多是寫於一九八三到八六年間，與此刻相距已經有二十年了。

二十年的時光，足夠讓此刻的我成爲一個旁觀者，更何況近幾年來我很少翻開這本詩集，所以，如今細細讀來，不由得會生出一種陌生而又新鮮的感覺。

火車一直往前進行，窗外的景色不斷往後退去，我時而凝神校對，時而遊目四顧，進度很緩慢。

當我校對到〈歷史博物館〉那首詩之時，火車已經行走在東部的海岸上，應該是快到南澳了，窗外一邊是大山，一邊是大海，那氣勢眞是懾人心魂。美，確實是讓人分心的，我校對的工作因而進展更加緩慢。

然後，就來到詩中的這一段——

歸路難求　且在月明的夜裡
含淚為你斟上一杯葡萄美酒
然後再急撥琵琶　催你上馬
知道再相遇又已是一世
那時候　曾經水草豐美的世界
早已進入神話　只剩下
枯萎的紅柳和白楊　萬里黃沙

讀到這裡，忽然感覺到就在此刻，就在眼前，時光是如何在詩裡詩外疊印起來，不禁在心中暗暗驚呼。

車窗外，是台灣最美麗的東海岸，我對美的認識、觀察與描摹是從這裡才有了豐盈的開始的。

就在這些大山的深處，有許多細秀清涼的草坡，有許多我曾經採摘過的百合花，曾經認眞描繪過的峽谷和溪流，有我的如流星始奔，蠟炬初燃的青春啊！

在往後的二十年間，在創作上，無論是繪畫還是詩文都不曾停頓，不過，在我寫出〈歷史博物館〉這首詩的時候，雖已是一九八四年的八月，卻還不識蒙古高原，也未曾見過一叢紅柳，一棵白楊，更別說那萬里的黃沙了。

誰能料想到呢？在又過了二十年之後，重來校對這首詩的我，卻已經在蒙古高原上行走了十幾年了，甚至還往更西去了新疆，往更北去了西伯利亞的東部，見過了多少高山大川，多少水草豐美的世界，更不知出入過多少次的戈壁與大漠！

是的，如果此刻有人向我問起紅柳、白楊與黃沙，我心中會爭先恐後地顯現出多少已然枯萎或是正在盛放色澤嫩紅的柔細花穗，多少悲風蕭蕭或是枝繁葉茂在古道邊矗立的白楊樹，以及，在日出月落之間，不斷變幻著光影的萬里又萬里的黃沙啊！

我是多麼幸運，在創作的長路上，就像好友陳丹燕所說的「能夠遇見溪流又遇見大海」，在時光中涵泳的生命，能夠與這許多美麗的時刻在一首又一首的詩篇中互相疊印起來。

在兩個二十年之後，在一列行駛著的火車車廂之中，我從詩中回望，只覺得前塵如夢，光影雜沓，那些原本是眞實生命所留下的深深淺淺的足跡，卻終於成爲連自己也難以置信的美麗遭逢了。

（二）

當然，在時光中涵泳的生命，也並非僅只是我在眼前所能察覺的一切而已。我相信，關於詩，關於創作，一定還有許多泉源藏在我所無法知曉之處。

這十幾年來，我如著迷般地在蒙古高原上行走，在游牧文化中行走，雖然每次並沒有預定的方向，卻常會有驚喜的發現。

譬如前幾年，在內蒙古呼和浩特市舉行的首屆「騰格里金杯蒙文詩歌朗誦比賽」決賽現場，全場的聽眾裡，我是那極少數不通母語的來賓之一，可是，卻也和大家一樣跟著詩人的朗誦而情緒起伏，如痴如醉，只因爲蒙古文字在詩中化爲極精采的音韻之間的交錯與交響，喚起了我心中全部的渴望。

原來，我對聲音的追求是從這裡來的！

這麼多年來，雖然在詩裡只能使用單音節的漢字，可是我對那字音與字音之間的跳躍與呼應，以及長句與長句之間的起伏和綿延，總是特別感興趣。在書寫之時，無論是自知或是不自知的選擇，原來竟然都是從血脈裡延伸下來的。

而這個世界，還藏有許多美麗的祕密！

就在這個十月，我身在巴丹吉林沙漠，有如參加一場「感覺」的盛宴，才知道自己從前對「沙漠」的認識還是太少了。

巴丹吉林沙漠在內蒙古阿拉善盟右旗境內，面積有四萬七千平方公里。在這樣廣大的沙漠中，橫亙著一座又一座連綿又高崇的沙山沙嶺，卻也深藏著一百幾十處湛藍的湖泊。有的明明是鹹水湖，湖心卻有湧泉，裸露在湖面上的岩石裡有大大小小的泉眼，從其中噴湧而出的，是純淨甘甜的淡水，湖旁因而有時也叢生著蘆葦。清晨無風之時，那如鏡的湖面，會將沙山上最細微的摺痕也一一顯現，天的顏色是眞正的寶石藍，藍得令人詫異。

原來，這在我們從前根深柢固的概念中所認定的一種荒涼與絕望的存在，竟然也可能會有完全不同的面貌，充滿了欣欣向榮的生命。

如果不是置身於其中，我如何能夠相信眼前的一切也都屬於沙漠？在沙谷之中隱藏著湖水，在沙坡之上鋪滿了植被，生長著沙蒿、沙米，還有金黃色的圓絨狀的小花，牧民給它起了一個非常具象的名字——「七十顆鈕扣」……

這個世界，還藏有多少我們不曾發現又難以置信的美麗？

夜裡，星空燦爛，寬闊的銀河橫過中天，仰望之時，彷彿從前背負著的枷鎖紛紛卸落，心中不禁充滿了感激。

還需要什麼解釋呢？我在星空下自問。

且罷！上蒼既然願意引領我到了這裡，一定有祂的深意。長路何其迢遙！我且將所有的桎梏卸下，將那總是在追索著的腳步放慢，將那時時處於戒慎恐懼的靈魂放鬆，珍惜這當時當刻，好好來領受如此豐厚的恩寵吧。

（三）

回到台北，滿心歡喜地準備迎接一套六冊精裝詩集的完整展現。

《時光九篇》書成之後十二年，才有《邊緣光影》的結集，原來都屬爾雅，要謝謝隱地先生的成全，才得以在今天進入圓神系列。

更要謝謝簡志忠先生的用心，讓我的六本詩集在五年之間陸續以新版精裝的面貌出現。

《迷途詩冊》也將從二十五開本改成三十二開本，也算是新版。

這眞是我從來不敢奢望的美麗遭逢。

要謝謝這兩位好友之外，更要謝謝每一位在創作的長路上帶領我和鼓勵我的朋友，長路雖然迢遙，能與你們同行，是何等的歡喜！何等的幸福！

我是極爲感激的。

——二〇〇五年十一月九日寫於淡水

席慕蓉 書目

◇詩 集

1981.7	七里香　大地
1983.2	無怨的青春　大地
1987.1	時光九篇　爾雅
1999.4	邊緣光影　爾雅
2000.3	七里香　圓神
2000.3	無怨的青春　圓神
2002.7	迷途詩冊　圓神
2005.3	我摺疊著我的愛　圓神
2006.1	時光九篇　圓神
2006	邊緣光影　圓神
2006	迷途詩冊（新版）　圓神

◇詩 選

1990.2	水與石的對話　太魯閣國家公園
1992.2	席慕蓉詩選（蒙文版）　内蒙古人民
1992.6	河流之歌　東華
1994.2	河流之歌　北京三聯
1997.6	時間草原　上海文藝
2000.5	世紀詩選　爾雅
2001	Across the Darkness of the River（張淑麗英譯） GREEN INTEGER

2002.1　　夢中戈壁（蒙漢對照）　北京民族
2003.9　　在黑暗的河流上　南海

◇畫 冊

1979.7　　畫詩（素描與詩）　皇冠
1987.5　　山水（油畫）　敦煌藝術中心
1991.7　　花季（油畫）　清韵藝術中心
1992.6　　涉江采芙蓉（油畫）　清韵藝術中心
1997.11　　一日一生（油畫與詩）　敦煌藝術中心
2002.12　　席慕蓉（40年回顧）　圓神

◇散文集

1982.3　　成長的痕跡　爾雅
1982.3　　畫出心中的彩虹　爾雅
1983.10　　有一首歌　洪範
1985.3　　同心集　九歌
1985.10　　寫給幸福　爾雅
1989.1　　信物　圓神
1989.3　　寫生者　大雁
1990.7　　我的家在高原上　圓神
1991.5　　江山有待　洪範
1994.2　　寫生者　洪範

1996.7　　黃羊・玫瑰・飛魚　爾雅
1997.5　　大雁之歌　皇冠
2002.2　　金色的馬鞍　九歌
2003.2　　諾恩吉雅（我的蒙古文化筆記）　正中
2004.1　　我的家在高原上（新版）　圓神
2004.9　　人間煙火　九歌

◇散文選

1988.3　　在那遙遠的地方　圓神
1997.6　　生命的滋味　上海文藝
1997.6　　意象的暗記　上海文藝
1997.6　　我的家在高原上　上海文藝
1999.12　　與美同行　上海文匯
2000　　我的家在高原上（息立爾蒙文版）　蒙古國前衛
2002.6　　胡馬・胡馬（蒙文版）　內蒙古人民
2002.12　　走馬　上海文匯
2003.9　　槭樹下的家　南海
2003.9　　透明的哀傷　南海
2004.1　　席慕蓉散文　內蒙古文化

◇小 品

1983.7　　三弦　爾雅

◇美術論著

1975.8　心靈的探索　自印
1982.12　雷射藝術導論　雷射推廣協會

◇傳 記

2004.11　彩墨・千山　馬白水　雄獅

◇編 選

1990.7　遠處的星光
——蒙古現代詩選　圓神
2003.3　九十一年散文選　九歌

附註：《三弦》與張曉風、愛亞合著。《同心集》與劉海北合著。《在那遙遠的地方》攝影林東生。《我的家在高原上》攝影王行恭。《水與石的對話》與蔣勳合著，攝影安世中。《走馬》攝影與白龍合作。《諾恩吉雅》攝影與白龍、護和、東哈達、孟和那順合作。《我的家在高原上》新版攝影與林東生、王行恭、白龍、護和、毛傳凱合作。

國家圖書館出版品預行編目資料

時光九篇/ 席慕蓉 . -- 新版. -- 臺北市：
圓神，2006〔民95〕
面； 公分. --（圓神文叢；33）
ISBN 986-133-130-1（精裝）

851.486 94022998

http://www.eurasian.com.tw reader@mail.eurasian.com.tw

圓神文叢 033

時光九篇

作 者／席慕蓉
發 行 人／簡志忠
出 版 者／圓神出版社有限公司
地 址／台北市南京東路四段50號6樓之1
電 話／（02）2579-6600 · 2579-8800 · 2570-3939
傳 真／（02）2579-0338 · 2577-3220 · 2570-3636
郵撥帳號／18598712 圓神出版社有限公司
副總編輯／陳秋月
副 主 編／沈蕙婷 · 姚明珮
責任編輯／周文玲
美術編輯／陳正弦
行銷企畫／吳幸芳 · 陳郁敏
校 對／席慕蓉 · 曹珊綾 · 周文玲
排 版／杜易蓉
法律顧問／圓神出版事業機構法律顧問 蕭雄淋律師
印 刷／祥峯印刷廠
2006 年 1 月 新版
2019 年 11月 7刷
定價 260 元 ISBN 986-133-130-1